CH. LE ROY-VILLARS

LE TRÉSOR D'OLIVETTE

DRAME EN UN ACTE

TROISIÈME ÉDITION

PARIS

…BRICON, SUCCESSEUR DE SARLIT

19, RUE DE TOURNON, 19

LE TRÉSOR D'OLIVETTE

DRAME EN UN ACTE

DU MÊME AUTEUR

PIÈCES SPÉCIALES POUR JEUNES FILLES

Les Sabots du Diable, Mystère de Noël en 1 acte. 1 fr.

Le Château de la Mare-aux-Biches, Comédie en 2 actes.. 1 fr.

Les Chaussons de la Duchesse Anne, Opérette en 1 acte.. 1 fr.
Musique et accompagnement (grand format).......... 2 fr.

Son Altesse Prunette! Opérette-bouffe en 2 actes. 1 fr.
Musique et accompagnement (grand format).......... 2 fr.

Les Ambitions d'Églantine, Comédie en 2 actes, *Troisième édition* .... 80 c.

Miss Arabella fait ses confitures! Comédie en 1 acte..... .... 1 fr.

La Foire de Séville, Opérette-bouffe en 2 actes. *Troisième édition*.................................. 1 fr.
Musique et accompagnement (grand format) .... 2 fr.

La Fille du Sonneur de cloches, Opérette en 2 actes. *Quatrième édition*.......................... 1 fr.
Musique et accompagnement (grand format).......... 2 fr.

Madame Beaucordon a rêvé « Chats »! Comédie en 2 actes. *Quatrième édition*.................. 80 c.

PIÈCES SPÉCIALES POUR JEUNES GENS

(Voir Catalogue.)

Beaugency, Imp. J. Laffray.

LE TRÉSOR

D'OLIVETTE

DRAME EN UN ACTE

PAR

CH. LE ROY-VILLARS

TROISIÈME ÉDITION

PARIS
J. BRICON, SUCCESSEUR DE SARLIT
19, RUE DE TOURNON, 19

1898

A ma petite Amie

Mademoiselle Célina HERVÉ-BARRET.

Paris, 1er Juin 1892.

PERSONNAGES

LA MÈRE VINCENTE, octogénaire.

OLIVETTE, 12 ans, sa fille adoptive.

LA COMTESSE ÉLIANE.

DAME LAZARINE, intendante de la Comtesse.

L'action se passe en Bretagne, dans un petit village des côtes, devant la cabane de la mère Vincente.

LE TRÉSOR D'OLIVETTE

DRAME EN UN ACTE

SCÈNE PREMIÈRE

LA MÈRE VINCENTE, OLIVETTE.

(*Au lever du rideau la scène reste vide un instant, musique en sourdine au piano — La mère Vincente, très vieille, très cassée, s'appuyant sur un bâton et traînant ses pas avec effort, sort de sa cabane, puis, guidée par Olivette qui la soutient avec de tendres précautions, vient lentement s'asseoir sur un banc rustique, au premier plan.*)

OLIVETTE

Venez, venez, bonne mère... Laissez votre foyer si triste, et venons nous asseoir ici devant la porte, tout en face de la grève, dites, le voulez-vous?

LA MÈRE VINCENTE

Je ne demande pas mieux, ma fille, mais, vois-tu, je sens que mes pauvres vieilles jambes peuvent à peine me traîner...

OLIVETTE

Appuyez-vous sur moi, bonne mère; ne craignez pas de fatiguer votre petite Olivette... (*Souriant.*) Ne suis-je pas, comme vous le disiez hier à Monsieur le Curé, votre bâton de vieillesse?

LA MÈRE VINCENTE, *s'asseyant.*

Tu es un ange du bon Dieu, ma fille : voilà tout ce que je sais... un ange véritable qu'il a placé sur ma route pour me consoler dans mes grands chagrins...

OLIVETTE, *riant.*

Oh! bonne mère, vous me faites meilleure que je ne le suis, et ce beau dévouement dont vous parlez toujours n'existe pas, je vous assure! (*S'agenouillant près de la mère Vincente et lui prenant les mains.*) Tenez, quand vous êtes là près de moi, me racontant de belles histoires du temps jadis, je me trouve si heureuse... si heureuse qu'il me semble n'avoir plus rien à souhaiter! — Aussi, chaque jour comme, je prie bien Notre-Dame des Roches de vous conserver de longues années encore à ma tendresse!

LA MÈRE VINCENTE, *résignée.*

Que Madame la Vierge t'entende et fasse à son bon plaisir! Mais je n'y compte guère, ma fille, car je baisse... je baisse... Je sens bien que je n'irai plus loin désormais...

OLIVETTE, *chagrine.*

Oh! que c'est vilain à vous, bonne mère Vincente, de parler ainsi!

LA MÈRE VINCENTE, *avec un soupir.*

J'ai beaucoup vécu, mon enfant, beaucoup vécu et surtout beaucoup pleuré.... à ce point que mes pauvres yeux n'y voient presque plus.....

OLIVETTE

Je vous en conjure, chassez toutes ces idées noires... Vous ne voudriez pas laisser votre petite-fille toute seule abandonnée! (*Se levant et prenant un ton joyeux.*) Voyez, bonne mère, comme le soleil brille ce matin! Comme la grande mer bleue a de jolis reflets d'argent! Elle est encore tout endormie, la paresseuse!

LA MÈRE VINCENTE, *sombre.*

La traîtresse, veux-tu dire! — (*Les larmes aux yeux.*) Elle m'a pris tous mes chers défunts : mon père,

Yann, le vieux pêcheur; Tugdual, mon brave mari; Yves et Loïc, mes deux garçons!

OLIVETTE, *courant l'embrasser.*

Séchez vos pleurs, bonne mère : Ne suis-je pas là, moi, pour vous guider, vous soigner et surtout vous aimer de tout mon cœur?

LA MÈRE VINCENTE, *s'essuyant les yeux.*

Chère petite! Oh! oui je serais ingrate envers la Providence si je me plaignais, puisque tu me restes... (*Brusquement, comme prise d'une idée subite.*) Tu ne me quitteras jamais, toi, au moins, dis, Olivette, ma fille bien-aimée?

OLIVETTE

Vous quitter, bonne mère! Oh! jamais! (*Grave, étendant le bras.*) En face de cette grande mer qui sommeille, là, à nos pieds, j'en fais le serment!

LA MÈRE VINCENTE

Embrasse-moi encore pour tout le bien que tu me fais... Je suis agitée, inquiète aujourd'hui... (*Se frappant la poitrine.*) Quelque chose m'avertit là qu'un événement imprévu va bouleverser sans tarder notre paisible existence...

OLIVETTE, *riant.*

Je souhaite que ce soit au moins quelque bonne aventure!

LA MÈRE VINCENTE, *secouant la tête.*

Tu ris, enfant! moi, je ne sais trop si je dois encore pleurer ou me réjouir... Les vieilles gens, vois-tu, ont parfois de ces pressentiments...

Au reste, tu marches sur tes douze ans, Olivette, et il est temps que je t'instruise d'un secret qui me pèse... (*Une pause.*) Viens près de moi, mon enfant... (*Olivette s'asseoit sur le banc.*) Écoute bien, et ne m'interromps pas... (*Nouvelle pause.*) Le 13 décembre il y a onze ans, à pareille époque, à pareille heure, je me tenais ici sur le seuil de notre cabane : comme aujourd'hui le ciel était riant... la mer pleine de promesses... Loïc, mon dernier né, un beau gars de 19 ans, venait de gagner le large. — C'était mon unique enfant, le seul que Dieu m'eût laissé! — Aussi comme je suivais d'un œil attentif sa petite barque emportée par la vague, tandis que, semblable à un point blanc, elle se perdait là-bas, au loin à l'horizon...!

La journée fut splendide : un ensoleillement continuel... Mais, vers le soir, à l'heure de la marée, tout cela changea brusquement et une tempête éclata, une de ces tempêtes qui vous semblent des fatalités et dont on conserve toujours le terrifiant souvenir... Je me sentis, soudain, saisie d'angoisse, car Loïc n'était pas encore de retour...

Avec quelques femmes du voisinage, je descendis

au port : Oh! quelle nuit! Le vent et la mer étaient aux prises : Des tourbillons d'écume blanche nous aveuglaient à chaque instant... Des vagues, hautes comme le parapet de la jetée, s'élevaient, puis retombaient avec un bruit d'enfer... et toujours Loïc ne rentrait pas!

OLIVETTE, *se rapprochant et joignant les mains avec effroi.*

Vous me faites frémir, bonne mère, oh! continuez! continuez!

LA MÈRE VINCENTE, *avec une émotion croissante.*

Le lendemain la tempête se calma avec l'aube... Moi, je courais toujours, la mort dans l'âme, le long des falaises, interrogeant l'Océan du regard, quand soudain... — Oh! comment ne suis-je pas morte de saisissement! (*D'une voix sourde d'abord, puis entrecoupée par les sanglots.*) — A mes pieds... là... près de moi... à cette même place où se dresse aujourd'hui une petite croix de bois, fleurie de bruyères sauvages, j'aperçus — au milieu des débris de sa barque brisée — Loïc, mon dernier né, Loïc, mon Loïc, mon enfant chéri, étendu glacé, inerte, le visage saignant, mutilé par le roc... Je jetai un cri... un seul! Olivier Guilvinec, le vieux sacristain — ton parrain — qui passait près de là, se rendant à la messe matinale, accourut; quant à moi, je demeurai à genoux, hébétée, anéantie, fixant de mes yeux sans regard cette mer impitoyable qui, maintenant souriante et apaisée, semblait narguer mon désespoir...! (*Elle s'arrête suffoquée et sanglote, la tête dans ses mains.*)

OLIVETTE, *montrant le poing à la mer.*

Oh! la perfide! la perfide! Mais vous, ô ma pauvre, pauvre bonne mère, combien vous deviez souffrir!

LA MÈRE VINCENTE, *continuant, accablée.*

Nous fîmes tout pour rappeler à la vie mon pauvre gars, mais hélas! il était trop tard!... — Contre sa poitrine, ses deux bras crispés serraient étroitement un objet informe, enveloppé d'une grossière couverture... Quand, après de nombreux efforts, nous réussîmes à les lui desserrer, quelle ne fut pas notre stupéfaction d'apercevoir, avec un coffret de bois précieux, le petit corps inanimé d'une fillette de quelques mois à peine! — L'enfant, par miracle, n'était pas morte... elle n'était qu'évanouie... Le bon docteur Tanguy, envoyé chercher à la hâte, parvint au bout d'une grande heure de frictions à lui faire ouvrir les yeux et la ranima peu à peu...

OLIVETTE, *joignant les mains.*

Pauvre innocente petite créature! Comment se trouvait-elle là?

LA MÈRE VINCENTE, *très grave.*

Ce qui s'est passé durant cette effroyable nuit, nul ne le saura jamais : c'est le secret de Dieu !

OLIVETTE, *se rapprochant.*

Et alors, bonne mère, qu'avez-vous fait ?

LA MÈRE VINCENTE, *simplement.*

J'étais sans famille... l'enfant, non plus, n'avait personne : je l'ai gardée...

OLIVETTE, *avec un long cri, se levant toute droite, comme éclairée soudain.*

Ah ! grand Dieu !... Je comprends... Je comprends tout maintenant ! Cette pauvre orpheline... (*Tombant à genoux.*) la voici ! (*Jetant ses bras autour du cou de la mère Vincente et éclatant en sanglots.*) Ah ! bonne mère ! Ah ! bonne mère ! Moi qui me croyais votre petite fille, à vous ! Je ne suis donc qu'une enfant trouvée !

LA MÈRE VINCENTE, *la serrant avec tendresse dans ses bras.*

Tu es sans mère, il est vrai, mais, moi, ne suis-je pas sans enfant ? Nos deux douleurs, vois-tu, fillette, sont de celles qui peuvent s'associer et se confondre !

Sèche tes larmes, maintenant, et va prendre dans le grand tiroir du bahut le petit coffret que j'ai conservé précieusement... C'est ton bien... Il est juste que tu en prennes connaissance...

OLIVETTE, *se relevant.*

Oh! J'y cours, bonne mère, j'y cours et je reviens aussitôt!

(*Elle sort précipitamment.*)

SCÈNE II

LA MÈRE VINCENTE, *seule.*

Chère petite! — Dieu et Madame la Vierge me soient témoins : jamais je ne me suis repentie de l'avoir recueillie! Elle est si douce et si aimante!... Oh! oui, je suis bien trop payée par son affection et ses caresses du peu que j'ai pu faire pour elle!

SCÈNE III

LA MÈRE VINCENTE, OLIVETTE.

LA MÈRE VINCENTE

Eh bien, as-tu trouvé le coffret, ma chérie?

OLIVETTE, *tremblante, le coffret à la main.*

Le voici, bonne mère, mais je n'ai pas osé l'ouvrir... Cependant... cependant je brûle d'impatience d'en connaître le contenu...

LA MÈRE VINCENTE

Ta curiosité est trop légitime pour être blâmable, enfant! Du reste ce coffret t'appartient... ouvre-le donc bien vite...

OLIVETTE, *ouvrant le coffret, en retire, tout émerveillée, des colliers de perles, des bagues, des bracelets d'or et de diamant, des bijoux précieux.*

Oh! sainte Vierge Marie! Est-il vraiment bien possible!... Oh! le beau collier! Oh! les belles pierreries! Que de brillants...! Que de joyaux...! Regardez, regardez donc, bonne mère!

LA MÈRE VINCENTE

C'est bien beau, en effet, tout cela, mon enfant, et j'ai eu, comme toi, un éblouissement quand, après le décès de mon pauvre Loïc, — que Dieu ait son âme! — j'ai ouvert cette cassette pour tâcher d'y découvrir des renseignements que je n'ai point trouvés... Je ne m'imagine pas combien peuvent valoir toutes ces belles dorures et ces belles étincelleries-là : m'est avis cependant que tu en retireras bon nombre d'écus d'argent quant tu auras atteint ta vingtième année et qu'il sera temps de te choisir un épouseur...

OLIVETTE, *riant.*

Oh! Je n'en suis pas encore là, Dieu merci! En attendant, nous avons mieux à faire! (*Très vite et d'un ton joyeux.*) Je veux d'abord vous acheter — et tout de suite — un bon fauteuil bien douillet pour vous asseoir près du foyer en hiver, ensuite du vieux vin bien réconfortant pour vous ragaillardir et vous donner des forces, ensuite une belle mante bien chaude, bien doublée, ensuite...

LA MÈRE VINCENTE, *sévèrement.*

Que dis-tu là, Olivette?

(*Se dressant solennelle.*) Je ne veux pas... Je ne veux pas, entends-tu, que tu parles ainsi! Ce trésor, il est vrai, t'appartient, mais pour moi c'est un dépôt sacré, et je ne veux pas, non je ne veux pas que tu y touches! Ce trésor c'est ton héritage, c'est ta dot, ta fortune...

Jusqu'à ce jour mes faibles économies et le peu que je gagne en reprisant des filets m'ont suffi : Il en sera de même désormais!

OLIVETTE, *chagrine.*

Allons, bonne mère, mettez que je n'ai rien dit...

Je vous obéis toujours, vous savez bien et, tenez, pour vous le prouver, je vais vite reporter ce coffret... Mais à l'avenir, de grâce, ne me parlez plus aussi sévèrement, ou je croirai que vous n'aimez plus votre petite Olivette!... (*Elle sort.*)

SCÈNE IV

LA MÈRE VINCENTE, *seule, se rasseyant.*

Excellent petit cœur! Je suis fâchée de lui avoir fait de la peine, mais quant à toucher à son trésor, oh! Jamais! J'aime mieux mourir de misère... Je croirais commettre un sacrilège!

Et pourtant, mon Dieu! si elle savait ce que j'éprouve aujourd'hui d'inquiétudes... Car l'hiver est bien rude, et dame Lazarine, l'intendante de la comtesse Éliane, bien impitoyable aux pauvres gens! Ne m'a-t-elle pas menacée, hier encore, de me jeter à la porte comme un chien, parce que n'ayant plus un liard vaillant, il m'est impossible de payer les quelques écus de loyer de cette pauvre cabane! (*Apercevant dame Lazarine.*) Sainte-Vierge! La voici justement! Revient-elle me tourmenter? (*Soupirant.*) A la volonté de Dieu!

SCÈNE V

LA MÈRE VINCENTE, DAME LAZARINE, *celle-ci, l'aspect méchant, le ton bourru, haut bonnet noir tuyauté, perruque grisonnante, lunettes vertes, cabas, type d'usurière.*

DAME LAZARINE

Eh quoi! vous êtes encore là, bonne femme, à fainéanter au soleil comme un vieux lézard!

LA MÈRE VINCENTE, *humblement.*

Excusez-moi, dame Lazarine : Croyez bien que je ne fainéante pas par habitude; je travaille autant que le permet mon grand âge, mais voyez-vous, je ne vaux plus grand'chose à la besogne et je venais ici me réchauffer un brin au soleil...

DAME LAZARINE, *ricanant.*

Toujours la même chanson! Voilà bien comme vous êtes toutes! Et vous vous étonnez que l'on soit quelquefois sévère à votre égard?

Vous reposer! Vous réchauffer! Le joli refrain vraiment! Est-ce que je me repose, moi? Est-ce que je me réchauffe, moi?

LA MÈRE VINCENTE, *avec dignité.*

J'aurai bientôt quatre-vingts ans, dame Lazarine, et jamais encore personne ne m'a parlé aussi durement... J'ignore ce que l'avenir vous réserve, mais je demande à Dieu, qui lit dans mon cœur, de vous rendre en bien tout le mal que vous me faites et de vous épargner un jour les humiliations que vous me faites subir!

DAME LAZARINE, *furieuse et vexée.*

Allons, allons! Des sermons à présent? Finissez-moi bien vite vos simagrées! J'en ai assez, savez-vous, de ces grands airs de prophétesse! Songez plutôt, au lieu de tant moraliser, à me règler votre arriéré...

LA MÈRE VINCENTE

Je vous en prie, dame Lazarine, attendez la belle saison; peut-être alors pourrai-je vous payer... J'irai, s'il le faut — je vous le promets — ramasser le varech sur la grève, je pêcherai des crabes et des crevettes dans les flaques, mais pour l'instant mes vieux doigts sont trop engourdis...

DAME LAZARINE, *se croisant les bras.*

En vérité, bonne femme, vous me faites rire! Me croyez-vous assez sotte pour ajouter foi à toutes vos belles promesses? Je suis une fine mouche, moi, on ne me berne pas avec des contes! — Une dernière fois : voulez-vous payer le loyer dû à la comtesse Éliane?

LA MÈRE VINCENTE

Je viens de vous répondre...

DAME LAZARINE

Alors, c'est là votre dernier mot?

LA MÈRE VINCENTE, *soupirant.*

Hélas!

DAME LAZARINE, *ricanant.*

Très bien, la vieille! Votre affaire est en bonnes mains, je m'en charge... (*Elle va pour sortir.*)

LA MÈRE VINCENTE, *se levant, effrayée.*

Seigneur! Qu'allez-vous donc faire, dame Lazarine?

DAME LAZARINE

Je commencerai d'abord par faire vendre vos vieilles guenilles, toutes, entendez-vous bien?

Votre table de chêne et vos escabeaux boiteux, votre grabat et vos filets suivront; tout, jusqu'à votre paillasse, y passera!

LA MÈRE VINCENTE, *suppliante.*

Oh! bonne dame Lazarine! Est-il possible que vous parliez sérieusement? Non, oh non! Vous n'aurez pas le cœur de dépouiller ainsi une pauvre vieille femme comme moi...

DAME LAZARINE, *éclatant de rire.*

Ah! Ah! Il me semble que vous jouez l'attendrissement, à présent! Ne dirait-on pas même que vous cherchez à me prendre par les sentiments? (*Haussant les épaules.*) Si ça ne fait pas rire! En fait de sentiments je n'en connais qu'un, moi, le plus beau de tous : la tendresse des écus!

LA MÈRE VINCENTE, *se traînant à genoux et d'une voix déchirante.*

De grâce, dame Lazarine, écoutez-moi... Tenez... s'il n'y avait que moi... Mon Dieu! je ne me plaindrais pas... Oh! non! mais c'est Olivette..., ma chère petite Olivette... une pauvre enfant qui n'a que moi, oui, dame Lazarine, qui n'a que moi... Une malheureuse petite orpheline que j'ai élevée...

DAME LAZARINE, *se dégageant et riant plus fort.*

Ah! Ah! Ah! De mieux en mieux!

(*Ironique.*) Madame élève des orphelines à présent! Madame veut trancher de la princesse! Ah! Ah! Ah! Charmant! Charmant!

(*Elle sort en éclatant de rire, suivie par la mère Vincente qui, se traînant toujours à genoux, s'accroche désespérément à sa robe.*)

SCÈNE VI

OLIVETTE, *seule.*

OLIVETTE, *rentrant vivement, très émue, sa cassette à la main.*

Grâce à Dieu ! j'ai tout entendu ! Oh ! pauvre mère Vincente ! Elle si bonne ! si douce ! si pleine d'affection et de délicatesse ! être traitée ainsi, à son âge, par cette mégère ! Oh ! c'est épouvantable ! J'en ai encore les larmes aux yeux ! Quel monstre que cette Lazarine ! Mais il ne sera pas dit que les choses se passeront ainsi !

(*Elle réfléchit un instant, puis montrant sa cassette.*)

En somme, je suis riche, moi !... Oui, oui, je suis riche !... Laisserai-je ainsi vendre le pauvre vieux mobilier si cher à cette bonne mère Vincente ?

(*Avec résolution.*)

Non, non, qu'elle se fâche après, si elle veut, comme tout à l'heure, tant pis ! Il sera trop tard !

(*Elle ouvre la cassette et en retire un collier.*)

Le beau collier que celui-ci ! Que les perles en sont fines et brillantes ! Voilà bien de quoi, j'imagine, payer notre misérable loyer ! Je vais bien vite monter au

Chalet des Hautes-Dunes, demander à voir la comtesse Éliane et lui proposer ce bijou...

Il n'y a guère de temps qu'elle habite le pays, la comtesse Éliane! je ne la connais même pas, mais peu importe! On dit qu'elle a éprouvé autrefois de grand chagrins; on raconte même qu'elle en est restée toute malade depuis... qu'elle a parfois des crises... Pauvre femme!... C'est égal, je vais aller la trouver et tout de suite...

(*Elle va pour sortir, puis revient à pas lents, embarrassée.*) — Que vais-je lui dire...? Comment lui expliquer la chose...?

(*Prenant bravement une résolution.*)

Mon Dieu! Mon Dieu! Inspirez-moi! Aidez-moi!

(*Elle s'élance en courant et se heurte contre la comtesse Éliane qui entre, vêtue de deuil et voilée.*)

SCÈNE VII.

LA COMTESSE ÉLIANE, OLIVETTE.

OLIVETTE, *poliment.*

Excusez-moi, Madame, je suis si pressée...

LA COMTESSE, *se rangeant.*

Passez, ma petite... (*La regardant.*) Est-elle jolie!

Grand Dieu ! est-elle jolie ! Oh ! quel doux regard ! (*Tristement.*) Ma pauvre petite Jane aussi avait ces grands yeux-là...! (*A part.*) Il faut que je lui parle... (*Haut.*) Dites-moi, mon enfant, quel âge avez-vous ?

OLIVETTE, *à part.*

Comme cette dame me regarde ! (*Haut.*) J'ai douze ans, Madame, et je dois faire ma première communion cette année, aux Pâques Fleuries...

LA COMTESSE, *amèrement.*

Douze ans ! L'âge de Jane... Mon Dieu ! Mon Dieu ! Pourquoi donc me l'avez-vous ôtée ? (*Sanglotant.*) Jane ! Jane ! Mon enfant ! ma chère petite fille ! Mon Dieu ! vous voyez bien que c'est horrible ce que j'éprouve... Oh ! mon Dieu ! mon Dieu ! (*Elle se prend la tête dans les mains et s'affaisse sur le banc*).

OLIVETTE, *effrayée.*

Voulez-vous que j'appelle la mère Vincente, Madame ?

LA COMTESSE, *relevant la tête et d'un ton farouche.*

Appeler ? Appeler ? Pourquoi faire ? Non, n'appelle pas... (*Radoucissant sa voix.*) Embrasse-moi, veux-tu, mignonne ? Je t'ai fait peur, pardonne, oh ! pardonne-moi...

OLIVETTE, *lui présentant son front.*

Vous ne me faites plus peur, Madame, et je sens que je vous aime beaucoup déjà : vous avez l'air si bon et si malheureux !

LA COMTESSE, *l'embrassant.*

Oh ! oui, chère petite, je souffre, tu l'as deviné, je souffre bien cruellement ! Ta vue, vois-tu, me fait douleur et joie : Je voudrais te repousser loin de moi et en même temps te presser tendrement sur mon cœur : tu me rappelles une enfant adorée que j'ai eu le malheur, l'épouvantable malheur de perdre autrefois ! (*Soupirant.*) Oh ! Jane ! Ma pauvre petite Jane ! -- Comment t'appelles-tu, toi, fillette, et où allais-tu donc si précipitamment tout à l'heure quand je t'ai rencontrée ?

OLIVETTE, *saluant.*

Je m'appelle Olivette, pour vous servir, Madame, et j'allais de ce pas aux Hautes-Dunes trouver la comtesse Éliane...

LA COMTESSE, *avec un mouvement de surprise.*

La comtesse Éliane ?... Que lui veux-tu ? Parle, mon enfant, parle sans crainte... je t'écoute : C'est moi qui suis la comtesse Éliane...

OLIVETTE, *joignant les mains.*

Oh! Madame! Quel bonheur! Bien sûr, c'est votre bon ange — ou le mien — qui vous a guidée par ici... Voici ce dont il s'agit : Dame Lazarine, votre intendante, est encore venue tourmenter la pauvre bonne mère Vincente pour un peu d'argent... La mère Vincente est si pauvre, si pauvre qu'elle ne peut payer entièrement le loyer de sa cabane ; ce n'est pas l'affaire, paraît-il, de dame Lazarine qui ne veut rien entendre...

LA COMTESSE, *l'interrompant doucement.*

Quelle est donc cette bonne mère Vincente dont tu parles, enfant, ta grand'mère sans doute ?

OLIVETTE

Non, Madame, mais c'est elle qui m'a recueillie, élevée, aimée ; aussi je l'aime moi, allez, et je la respecte ! Ah ! faut voir ! — Pensez donc ! Elle a bientôt quatre-vingts ans ! — Dame Lazarine, qui est une sans-cœur, a dit qu'on allait vendre son pauvre vieux ménage pièce à pièce, le lit, la table, les filets, les draps de toile, tout, oui, oui, tout, Madame...

Bonne mère alors s'est prise à pleurer ; moi je n'ai rien dit à personne, mais je me suis rappelée que je possédais un trésor...

Bien vite j'ai ouvert ma cassette et j'allais droit au

Chalet vous dire ceci : (*tirant le collier du coffret.*) « Madame, voici un collier de perles, le plus beau de mon coffret, je vous l'apporte et que dame Lazarine nous laisse en repos...

LA COMTESSE, *avec un cri, se précipitant.*

Grand Dieu ! Que vois-je...? Ce collier...? Est-ce une hallucination ? Oh ! ce collier ! Mais non, je ne me trompe pas... Je suis bien éveillée... Mon Dieu ! Mon Dieu ! est-ce possible....!

(*Saisissant brusquement la main d'Olivette et d'une voix saccadée.*)

Comment ce bijou est-il en ta possession ? Parle, enfant ?... Parle donc, tu vois bien que je souffre mille morts... Oh ! parle, je t'en conjure !

OLIVETTE, *effrayée.*

Mais qu'avez-vous, Madame ? Pourquoi me regardez-vous ainsi ? Je ne l'ai point volé, je vous le jure ! Oh ! non ! Je ne l'ai point volé ! Du reste, mère Vincente pourra vous raconter : C'était un soir d'hiver, à ce qu'il paraît, le 13 décembre, je crois, il y a onze ans, par une tempête effroyable... Loïc le pêcheur était en mer... La pauvre bonne mère Vincente l'appelait, tout angoissée, sur la falaise, quand soudain elle le découvrit trépassé au milieu des débris de sa barque, tenant étroitement pressée contre sa poitrine une enfant inconnue et un coffret...

Le coffret, le voici...

LA COMTESSE, *haletante.*

Mais l'enfant...? Cette enfant inconnue...? Cette enfant...?

OLIVETTE

Elle est près de vous, Madame : C'est moi...

LA COMTESSE, *se précipitant éperdue et l'embrassant avec une joie folle.*

Ah! soyez béni, soyez béni, mon Dieu! J'aurais dû m'en douter, car mon cœur, par ses battements, t'avait déjà reconnue, Jane, ma Jane, ma fille bien-aimée! *(Lui écartant les cheveux et la contemplant avec amour.)* Oh! est-ce bien toi que je retrouve? Toi, que j'ai cru perdue pour toujours! (*D'une voix entrecoupée par l'émotion.*) Le 13 décembre... il y a onze ans... oui, oui, c'est bien cela... Ce coffret, je le reconnais... ces bijoux, ce sont les miens... Ah! Jane, ma Jane adorée : Je suis ta mère!

OLIVETTE, *extasiée.*

Ma mère!... ma mère!... Vous êtes ma mère!... Oh! dites-le encore... Mon Dieu, merci! Que je suis heureuse, heureuse... Je ne sais plus ce que je dis... ma tête s'égare... Mère! mère! Parlez-moi, vous, parlez-moi encore... Je ne rêve pas, dites moi que je ne rêve pas...

2.

LA COMTESSE, *la serrant dans ses bras, avec transport.*

Non, chère, chère enfant, ce n'est pas un rêve, c'est bien une réalité et la plus douce des réalités!... Mais comment donc as-tu vécu jusqu'à ce jour? Qui a pris soin de toi, qui t'a caressé, qui t'a abrité, pauvre petit oiseau sans nid?

OLIVETTE

Oh! je n'étais pas malheureuse, chère Maman chérie, l'excellente mère Vincente, que dame Lazarine persécute, m'a si bien soignée, si bien gâtée!

LA COMTESSE

Ah! comment m'acquitter jamais envers cette bonne mère Vincente? Comment lui témoigner mon ravissement et ma gratitude? Elle me rend plus que la vie, puisqu'elle me rend aujourd'hui ma fille adorée, ma fille tant pleurée!

(*On entend un bruit de voix à la cantonade. — La Comtesse et Olivette se rapprochent et écoutent.*)

SCÈNE VIII

LES MÊMES, LA MÈRE VINCENTE, DAME LAZARINE.

DAME LAZARINE, *à la mère Vincente qui la suit, et sans voir la Comtesse.*

Vous êtes décidément insupportable, la vieille, avec toutes vos jérémiades! Allez donc vous plaindre à qui vous voudrez et laissez-moi m'en aller! On vendra tout, vous dis-je — je vous en donne ma parole — et... (*Apercevant tout-à coup la Comtesse qui la regarde sévèrement.*)

Ah! malheur! Je suis perdue! La comtesse Éliane!

LA COMTESSE, *indignée.*

Est-ce ainsi, Lazarine, que vous exécutez mes ordres? Eh quoi! je vous charge d'abondantes aumônes pour ces pauvres gens de la côte, je vous recommande à leur égard la plus grande douceur, la plus grande charité, et voilà comme vous agissez!

Trop absorbée par ma douleur, je me reposais entièrement sur vous, et c'est ainsi que vous en profitiez pour abuser de ma confiance! — Votre présence m'est odieuse... Sortez, misérable, et ne reparaissez plus devant mes yeux : Je vous chasse !

(*Dame Lazarine s'enfuit, furieuse et confuse.*)

SCÈNE IX

LES MÊMES, MOINS LAZARINE.

LA COMTESSE, *prenant les mains de la mère Vincente et avec émotion.*

Quant à vous, bonne mère Vincente, vous, la plus tendre et la plus généreuse des femmes, que vous dire ? Non, il n'est pas d'expression capable d'exprimer tout ce que j'éprouve à votre égard de sympathie ardente, de reconnaissance, d'admiration profonde...

Séchez vos pleurs... Je vous emmène avec nous aux Hautes-Dunes, vous serez désormais mon amie, ma compagne de tous les instants :

N'êtes-vous pas déjà la seconde mère, la Providence de ma chère Jane ?

LA MÈRE VINCENTE, *stupéfiée.*

Votre amie ?... Votre compagne ?... Votre chère Jane ? — Que Madame la Vierge me vienne en aide ! Je ne vous comprends pas, Madame la comtesse ?...

OLIVETTE, *riant.*

C'est moi qui vais me charger de l'explication; écoutez-moi bien, bonne mère Vincente : Il y a que cette petite Olivette, que vous avez si tendrement élevée, est devenue tout d'un coup la fille de la comtesse Éliane... Oui, comme je vous le dis, mais rassurez-vous : (*lui jetant les bras autour du cou et l'embrassant avec transport.*) Elle restera aussi la vôtre toujours et n'en continuera pas moins à vous aimer et chérir de tout son cœur...

LA MÈRE VINCENTE, *se frottant les yeux, approchant et reculant, les bras ballants, effarée.*

Ah! Sainte Vierge! Sainte Vierge! Quel événement! Olivette... ma fille... ma... oh! pardon... Mademoiselle, je veux dire... Non, je ne sais plus... Mais comment ces choses...

LA COMTESSE

Oh! c'est une triste histoire : Quelques jours avant cette date fatale du 13 décembre 18**, je quittai l'Angleterre avec ma fille à peine âgée de quelques mois et un vieux serviteur, dévoué à notre famille... A peine étions-nous en mer qu'un exprès amené en toute hâte par une chaloupe, vint m'avertir que mon mari laissé bien portant à Liverpool se mourait d'un mal subit...

Éperdue, affolée, je pris à peine le temps de donner mes instructions à mon fidèle Scott, je lui confiai ma petite Jane et mes bijoux, puis je partis aussitôt et me fis reconduire à Liverpool, où j'arrivai juste à temps pour recueillir le dernier soupir de mon pauvre mari... Le lendemain, j'appris que « LE JEUNE ÉDOUARD », le navire qui ramenait ma fille en France, avait sombré près des côtes de Bretagne et péri corps et biens...

A la nouvelle de cette horrible catastrophe, mon pauvre cerveau déjà ébranlé, éclata... Je me sentis devenir folle... Ce n'est qu'au bout de six longues années de soins éclairés et dévoués qu'on eut enfin raison de mon état... Depuis, j'erre à l'aventure, mais de préférence au bord de la mer, me fixant tantôt ici, tantôt là, sans foi... sans courage... éprouvant quelquefois, à la vue d'un enfant, d'affreuses crises de désespoir...

OLIVETTE, *lui sautant au cou.*

Oh! pauvre chère maman! Combien je vais t'aimer pour te faire bien vite oublier tous ces vilains moments!... Ah! quelle heureuse existence nous allons mener désormais toutes les trois, car vous restez avec nous, bonne mère Vincente, vous restez avec nous...

(*Riant.*) Oh! vous n'avez plus le droit de dire non : Devant cette grande mer bleue qui nous a fait tant de mal, n'ai-je pas — aujourd'hui même — fait le serment de ne jamais vous quitter? De votre côté, n'avez-vous pas aussi solennellement promis de ne me point abandonner? (*Lui passant les bras calinement autour du cou.*) Bonne mère, bonne mère! chose promise, chose due!

LA MÈRE VINCENTE, *s'essuyant les yeux avec son tablier.*

Voilà que je pleure encore à présent, moi! Mais c'est de joie cette fois! Que cela fait de bien, surtout quand il y a longtemps qu'on en a perdu l'habitude! — Mon Dieu! étais-je donc injuste de me plaindre tout à l'heure de cette Lazarine... Ah! je l'embrasserais bien volontiers à cette heure, car enfin, sans elle...

OLIVETTE, *riant.*

Je n'eûs jamais songé à tirer parti de mon trésor...

LA COMTESSE, *attirant doucement à elle Olivette.*

Et moi, comment aurais-je alors retrouvé le mien? — Mais laissons cette méchante créature qui a été dans tout ceci, je le vois, l'instrument de la Providence... (*Souriant.*) Entre nous, convenons que c'est là cependant un bien vilain instrument !... Et ne songeons plus qu'à nous réjouir, en la bénissant, toutes trois, cette bonne et mystérieuse Providence, dont on ne devrait jamais désespérer !

FIN

MÊME LIBRAIRIE

PIÈCES POUR JEUNES FILLES

ANTONY MARS

Rose et Blanche, Comédie en 2 actes, avec chœurs et couplets . . . 1 fr.

Un Conte Bleu, Comédie en 3 actes, avec chœurs et couplets. 1 fr.

La Petite Cendrillon, Comédie en 2 actes, avec chœurs et couplets . . . 1 fr.

La Meunière du Moulin-Joli, Comédie en 2 actes, avec chœurs et couplets. . . . 1 fr.

Les deux Pigeons, Comédie en 2 actes, *avec musique* des couplets . . . 1 fr.

RENÉ SOSTA

La Chanson de l'Oiselle, Comédie en 2 actes, avec *musique et accompagnement* . . . 1 fr.

LOUISE-MARGUERITE D'ESTRÉELLES

Le Petit Noël, Comédie enfantine en un acte, avec *musique*. . 80 c.

Les Petits Cailloux, Comédie en un acte. . . . 80 c.

LEMEUNIER

Sainte Clotilde, Drame en 3 actes, avec musique. . . . 1 fr.

PAUL CROISET

La Chevrière d'Alsace, Saynète-dialogue. . . . 50 c.

CAMILLE NORBERT

Le Pot-au-feu d'Isabelle, Comédie en 2 actes. . . . 80 c.

GIRARD

Les Bohémiennes, Comédie en 3 actes, avec *musique*. . . 80 c.

La Fille de Jephté, Pièce en 3 actes, avec *musique*. . . 80 c.

La Répétition d'Athalie, Comédie en 2 actes, avec *musique* 80 c.

L'ABBÉ MOUROT

Jeanne d'Arc, Drame en 5 actes, avec *musique* des chœurs et couplets . . . 80 c.

Marie-Antoinette, Drame en 3 actes. . . . 80 c.

Sainte Cécile, Drame en 3 actes, d'après le R. Dom Guéranger. . . . 80 c.

(Sur demande, envoi franco du catalogue)

Beaugency — Imp. J. Laffray.

www.ingramcontent.com/pod-product-compliance
Ingram Content Group UK Ltd.
Pitfield, Milton Keynes, MK11 3LW, UK
UKHW021027200726
13857UKWH00004B/1633

9 782013 057400